LA VRAIE BRAVOURE,

COMÉDIE.

LA VRAIE BRAVOURE,

COMÉDIE

En un Acte et en Prose.

Par les Citoyens DUVAL et PICARD,
représentée, pour la première fois,
sur le Théâtre de la République,
le 13 Frimaire, an 2e.

Prix 1 liv. 5 sols.

A PARIS,

LA VRAIE BRAVOURE,

COMÉDIE

En un Acte et en Prose.

Par les Citoyens DUVAL et PICARD ;
représentée, pour la première fois,
sur le Théâtre de la République,
le 13 Frimaire, an 2e.

Prix 1 liv. 5 sols.

A PARIS,

Chez LEPETIT, libraire, quai des Augustins,
N°. 32.

PERSONNAGES.

FIRMIN, *Lieutenant de Volontaires.*   VIGNY.

HENRI, *Volontaire.*   RAYMOND.

MELCOUR, *Volontaire.*

MICHEL, *vieux Soldat retiré.*   BAPTISTE, cadet.

Le Commandant de la Place.   MICHOT.

Un Jokei de la citoyenne St. Far.   DESPRÉS.

Un Volontaire.   La Cit. FERTON.

Plusieurs Volontaires.   BERVILLE.

SOPHIE, *fille de Michel.*   La Cit. DESPRÉS.

La Scène se passe dans une Place frontière, hors des Remparts; on voit d'un côté la maison de Michel, de l'autre celle de la citoyenne St. Far.

LA VRAIE BRAVOURE

COMÉDIE.

SCENE PREMIERE.

FIRMIN, HENRI.

HENRI.

C'est un plaisir d'être de garde par un aussi beau tems. Quoique hors des remparts, toutes les jolies femmes de la ville s'étaient données le mot, je crois, pour passer devant le poste pendant ma faction.

FIRMIN.

Elles savaient peut-être que tu étais de garde.

HENRI.

Cela se pourrait bien. Mais je suis libre enfin, et je puis jouir de ma matinée.

A 3

FIRMIN.

Ne quitte pas les environs du poste.

HENRI.

Le capitaine nous permet de nous promener dans cette enceinte. On dit que nous n'avons rien à craindre des ennemis ; je le veux croire ; mais le devoir d'un soldat, surtout lorsqu'il est de garde, est d'être toujours prêt à les recevoir, aussi je ne m'éloignerai pas, sur ma parôle. Mais toi, que comptes-tu faire aujourd'hui ?

FIRMIN.

Je vais chez Michel.

HENRI.

C'est-à-dire voir l'aimable Sophie ; je t'entends. Tu ne dis rien, et tu fais l'amour à la sourdine. Au fait, c'est une petite personne qui a tout ce qu'il faut pour te fixer... de la douceur, du sentiment.

FIRMIN.

C'est une petite personne qui mérite ton respect et le mien.

HENRI.

Je ne prétends pas l'outrager ni te déplaire.

FIRMIN.

Je le sais, mon cher Henri ; mais depuis

quelque tems, tu prends un ton qui ne t'est pas naturel ; tu ne le dois qu'à la société que tu vois. Écoute, mon ami, il faut que je t'ouvre mon cœur ; depuis long-tems il gémit en secret, et toi seul le déchire !... Je vois en toi le plus tendre frère ; je n'oublierai jamais ce que je dois à ton père, à mon respectable bienfaiteur. Il prit soin de mon enfance, et me fit partager une tendresse qu'il ne devoit qu'à son fils. Depuis que j'existe je ne t'ai pas quitté ; jamais la moindre querelle entre nous ; avais-tu quelque chagrin, tu venais le répandre dans mon cœur, j'y prenais part, je te consolais, et cet épanchement adoucissait tes maux. Mais aujourd'hui ! que ta conduite est différente ! Tu me fuis maintenant, tu me crains, et tu vas chercher auprès des étrangers des plaisirs que tu trouvais autrefois près de ton ami.

HENRI.

Sais-tu que tu prêches à merveille, mon cher Firmin ? Je ne te fuis, ni ne te crains ; mais voyons : à mon âge dois-je vivre comme un Caton ? ne faut-il pas voir ses camarades ?

FIRMIN.

Oui, lorsqu'ils sont estimables.

HENRI.

Et ils le sont tous, j'espère.

FIRMIN.

Oui, tous ; nous n'avons qu'un mauvais sujet dans la troupe. Par quelle fatalité, toi et cinq ou six de nos amis, préférez-vous la société de Melcour à la notre.

HENRI.

Mais je ne sais pas ce que Melcour t'a fait, tu n'en dis jamais que du mal.

FIRMIN.

C'est que je cherche envain le bien que j'en pourrais dire.

HENRI.

Il est brave.

FIRMIN.

Il le croit peut-être , parce qu'il a deux ou trois ans de salle.

HENRI.

Il est généreux.

FIRMIN.

Prodigue, comme tous les joueurs.

HENRI.

Honnête.

FIRMIN.

Il le dit trop pour que je le croie.

HENRY.

Mais tu décides promptement. Quelle preuve as-tu de sa mauvaise foi ?

FIRMIN.

J'ai le droit de le soupçonner beaucoup. Ce Melcour n'est autre chose qu'un ci-devant noble, échappé des tripots de Paris, sans morale, sans principe, sans patriotisme, il a l'honneur qu'il mérite peu d'être un des défenseurs de la liberté ; à peine arrivé dans la garnison, il est suivi d'une femme, d'une intrigante ; elle écrase par ses modes ridicules, la mise simple et modeste de nos paisibles citoyennes ; elle étale un luxe insolent, brigue la conquête de nos riches habitans, trop sages pour céder à ses avances ; alors Melcour introduit chez elle des jeunes gens qui, par leur fortune, peuvent payer son faste et ses plaisirs ; on y boit, on y joue, et souvent je t'ai vu sortir de ce lieu dangereux, fatigué de débauches ou désespéré d'avoir perdu ton argent.

HENRY, (*à part.*)

Hélas ! ce qu'il dit est trop vrai. (*haut.*) Pour un militaire, tu montres trop de sévérité.

FIRMIN.

J'ai voulu vainement te conduire dans
les maisons où j'étais reçu ; celle-ci, par
exemple, celle de ce bon Michel t'offrait
une société douce : on n'y voit ni faste céré-
monieux, ni fêtes perpétuelles ; on y con-
sacre le jour au travail, la nuit au sommeil ;
on y trouve de la franchise, de la bonté,
des vertus ; les plaisirs sont simples, sont
purs, mais on les goûte sans remord ; c'est
le plus honnête homme !..

HENRI.

Très-honnête en effet, car sa fille est
charmante ; n'est-ce pas, Firmin ? Allons,
sois franc : le motif qui te fait préférer la
maison de Michel n'est pas tout-à-fait
celui de sa société ; tu aimes Sophie, et
l'amour...

FIRMIN.

Oui, j'aime Sophie et de toute mon ame ;
elle est bonne, vertueuse ; mais sans cet
amour dont tu parles, je verrais toujours
cet honnête Michel : sa franchise, son
expérience, le détail de ses combats, de
ses voyages m'intéressent, et je trouve toujours quelque chose à gagner avec lui.

HENRI,

Je conviens de mes torts, je t'admire ;
je voudrais vivre comme toi, mais...

FIRMIN.

Mais fais un effort, et ne me quitte pas.

HENRI.

Que je ne te quitte pas !

FIRMIN.

Doit-il t'en coûter pour promettre de ne pas quitter ton ami ?

HENRI.

Eh non, mais...

FIRMIN.

Si tu savais le tort que tu fais à ta réputation en voyant cette Saint-Far.

HENRI.

Tu crois ?

FIRMIN.

Pour tout au monde je ne passerais pas le seuil de sa porte ; c'est vainement que l'on a voulu m'y attirer ; je rougirais si l'on me voyait sortir de cette maison, et je viens tous les jours chez Michel, et je suis sûr que ceux qui m'en voient sortir, disent : Firmin doit être bon, car il ne voit que d'honnêtes gens.

HENRI.

Ah ! mon ami, tu me persuades : oui, je veux t'imiter, je ne verrai plus que toi, et je renonce à toutes mes autres sociétés.

FIRMIN.

Bien, mon cher He ri , bien. Je m'applaudis du triomphe que l'amitié, que la rai on ont remporté sur ton cœur. Pour commencer à te guérir, pour te faire goûter dès aujourd'hui le charme délicieux d'une honnête société , vi ns dîner avec moi chez Michel ; je vais voir quelqu'un dans la ville, et dans l'inst nt je reviens te reprendre. Tu vas m'attendre ?

HENRI.

Je te le...

FIRMIN.

Sans adieu , mon cher Henri ; (*il l'embrasse*) e suis content, j'ai retrouvé mon ami.

S C È N E I I.

HENRI *seul.*

Firmin a raison. Je sens trop la vérité de ses reproches ; mais cette aimable St. Far a tant d'empire sur mon cœur, elle est si belle ! Il est donc vrai qu'on peut aimer celles qu'on n'estime pas ; car je ne puis me dissimuler que cette maison ne m'ait été bien

funeste. J'y ai perdu tout ce que je possé-
dais, et j'y retourne ; mais non, je n'y re-
tournerai plus; je veux suivre les conseils de
mon ami. Me voilà raisonnable, rangé pour
la vie ; vienne à présent Melcour avec ses
paroles séduisantes, je le défie de m'entraîner chez St. Far.

SCÈNE III.

MELCOUR, HENRI.

MELCOUR.

Ah! c'est toi, mon cher Henri, je te trouve
à propos.

HENRI.

Bonjour, Melcour.

MELCOUR.

Tu es bien heureux d'avoir un ami aussi
prévoyant.

HENRI.

Comment donc ?

MELCOUR.

—Il faut que je t'aime autant, pour m'oc-
cuper ainsi de tes plaisirs.

HENRI.

Au fait.

MELCOUR.

J'apprends que tu es de garde, que ton poste est ici , qu'il se trouve par hazard voisin de cette charmante St. Far. J'arrange un déjeûner,le plus délicieux du monde ; du vin de champagne , des huîtres , nos amis de cœur. Tu as passé la nuit , tu dois avoir faim , nous boirons , nous chanterons , et tu attendras là paisiblement l'heure à laquelle on viendra te relever ; pas vrai ?

HENRI.

J'en suis fâché , mais je ne puis accepter.

MELCOUR.

Tu ne peux pas , et pourquoi ?

HENRI.

J'ai promis a Firmin de passer la journée avec lui.

MELCOUR.

Ah ! j'entends , le Prédicateur du bataillon sera venu te faire son petit Sermon... Quel chapître a-t-il traité ? les mœurs ?

HENRI.

Songez-vous , Melcour, que vous parlez de mon ami ?

MELCOUR.

Je le sais , je ne prétends pas en dire du mal ; je l'aime beaucoup même ; c'est un fort galant homme. Mais ces honnêtes gens sont par fois si ennuyeux, si ennuyeux !

HENRI.

Firmin n'est pas de ce nombre ; il joint à beaucoup de raison des connaissances profondes, et l'esprit le plus juste. J'avoue qu'il est un peu sévère sur l'article des plaisirs.

MELCOUR.

Sévère, il en est ridicule. Le ciel me préserve de vouloir lui faire du tort dans ton esprit ; mais où te conduit il aujourd'hui ?

HENRI.

Chez Michel ; nous y dînons.

MELCOUR.

Ah ! chez Michel ; il ne l'entend pas mal M. Firmin, pour quelqu'un qui fait le novice.

HENRI.

Comment ?

MELCOUR.

Il t'emmène pour que tu amuses le père, tandis qu'il fera la cour à la fille ; c'est très-honnête de la part.

MELCOUR.

Melcour, parlez mieux d'une famille respectable.

MELCOUR.

Moi, je n'en parle que d'après le bruit public. C'est qu'on dit tout haut que Michel fera bien de marier sa fille avant la fin de la campagne ; ce n'est pas ma faute à moi.

HENRI.

C'est une calomnie atroce.

MELCOUR.

Il est vrai qu'on ne s'en douterait pas à l'air timide de notre Lieutenant. Il me semble que je vous vois tous les quatre; cela fait tableau! Le bon Firmin assis à quatre pas de sa belle, ne lui parlant que des yeux, étouffant de gros soupirs, comme un écolier à son premier sentiment; la jeune personne rougissant, palissant, et se partageant entre son amant et son ouvrage ; et mon digne ami, écoutant dans un coin le récit assomant des éternelles batailles du père Michel, et servant avec une complaisance exemplaire les feux d'autrui, tandis qu'il pourrait si bien employer son tems pour lui-même, auprès de la beauté la plus adorable.

HENRI.

Que dis-tu ?

MELCOUR.

Je ne sais pas comment vous faites, vous autres jeunes gens, vous nous enlevez toutes nos femmes ; votre air de candeur,

l'emporte

l'emporte sur notre mérite , sur notre expérience. Cette charmante St. Far , elle ne
rêve qu'à toi.

HENRI.

Allons donc , tu ris.

MELCOUR.

D'honneur. Moi j'avais des prétentions ;
en bon ami , je te les avais sacrifiées ; mais
puisque tu y renonces , tu me premettras
de m'abandonner à ma passion. Adieu, mon
cher Henri ; je te souhaite bien du plaisir
chez les Michels.

HENRI.

Ecoute donc , Melcour.

MELCOUR.

Quoi ?

HENRI.

Ce n'est que pour dîner que j'ai promis à
Firmin....

MELCOUR.

Il n'est que neuf heures.

HENRI.

J'en ai encore cinq devant moi.

MELCOUR.

Oui , mais je ne veux pas te faire perdre
le fruit de la leçon du cher Firmin ; il ne
m'aime déjà pas trop , et puis c'est qu'on
jouera.

B

HENRI.

Justement, je n'ai point d'argent.

MELCOUR.

Je ne suis pas ton ami peut-être ? Ma fortune, mon épée, mon sang, ne sont pas à ton service ? Si Firmin m'écoutait, il dirait que ces offres ne sont faites que pour te séduire. Je me retire.

HENRI.

Un moment, Melcour ; est-il bien de ma part de quitter ainsi une maison où j'ai été comblé de tant de politesses ?

MELCOUR.

En effet, cette charmante femme va être d'une humeur affreuse ; elle t'attend.

HENRI.

Si j'allais moi-même lui présenter mes excuses, mes regrets.

MELCOUR.

Cela serait beaucoup mieux. Mais auras-tu la force après de la quitter ? Consulte-toi.

HENRI.

Oh ! ne crains rien. Allons, réflexions faites, il est plus raisonnable de la voir. Mais je te réponds que la beauté de St. Far, les instances de nos camarades, ne me feront pas manquer à mon ami. (*Il entre chez St. Far.*)

MELCOUR.

Ah ! je serai le premier à t'arracher de ce
séjour, parce qu'il n'est pas dans mes principes de donner une parole pour ne pas la
la tenir. Il est à nous. Ah ! j'apperçois
Sophie , les amours du cher Lieutenant.
Elle est bien, de la taille , du teint, de l'œil;
à Paris même , elle ferait de l'effet.

SCENE IV.

SOPHIE, MELCOUR.

SOPHIE.

J'AI cru trouver Firmin... Ah ! c'est ce vi-
lain Melcour.

MELCOUR.

Où donc allez-vous ainsi , charmante
Sophie ?

SOPHIE.

J'allais...... je ne sais que lui répondre..... son regard me fait rougir.

MELCOUR.

Savez-vous bien , Sophie , que vous êtes
adorable , ma parole d'honneur?

B 2

SOPHIE.

Comme il me parle.... Monsieur.

MELCOUR.

Vous rougissez, allons donc, à votre
âge ; mais c'est qu'on n'a pas plus d'attraits ;
cette taille, ces formes, cette tournure.

SOPHIE.

Permettez que je me retire.

MELCOUR.

Non, parbleu ! je ne le souffrirai pas. Je
sais le motif qui vous fait désirer de me
quitter. Le cher camarade vous attend.
Vous craignez sa jalousie. Il a des droits,
je le sais ; mais malgré toutes ses prétentions, il doit s'attendre à vous voir cour-
tisée. Cette figure est trop piquante.

SOPHIE.

Vous m'outragez, et je suis étonnée....

SCENE V.

LES PRÉCÉDENS, FIRMIN.

FIRMIN (*dans le fond du théâtre.*)

Quoi, Sophie avec ce Melcour.

MELCOUR.

Ah ! du sérieux ! quel enfantillage ! c'est une petite coquetterie de votre part. Vous savez que cet air boudeur vous rend mille fois plus attrayante. Mais je consens à vous quitter, si vous voulez me permettre de baiser cette jolie main.

SOPHIE.

Monsieur, ... cessez ...., si mon père ..... Comment pouvez-vous avec l'habit que vous portez....

FIRMIN (*s'avançant.*)

Qu'il porte ! dites qu'il déshonore.

SOPHIE.

Ah ! c'est vous Firmin.

MELCOUR.

Peste de l'importun. Quoi, le cher camarade nous écoutait.

FIRMIN.

Votre camarade, je ne le suis pas, et personne ne devrait vous donner ce nom. Nous en serions plus heureux ; nous n'aurions pas à rougir souvent aux yeux des honnêtes citoyens qui nous ouvrent leur azile.

MELCOUR.

Ah ! j'ai donc part à vos sermons.

FIRMIN.

Que vous appeliez sermons ce qui n'est que l'expression de mon indignation, peu m'importe ; mais je vous dirai la vérité. Oui, monsieur, vous et vos pareils, qui sont heureusement très-peu communs, déshonorent, je le répète, l'habit qu'ils portent. Grace à cet habit respectable, le signe de la liberté et du patriotisme, les citoyens sensibles, pour nous dédommager des maux auxquels nous expose notre état, nous procurent souvent l'entrée de leur maison, la société de leur famille. Y entrez-vous ? vous calculez d'abord quelles seront vos victimes. Ont-ils des filles ? vous les séduisez. N'ont-ils que leurs femmes ? vous mettez le trouble entre les époux. Et fier de votre ingratitude, vous les quittez, et laissez, en partant, pour prix des bienfaits que l'on vous prodigua, des larmes aux victimes de vos passions, et aux pères et aux époux, les regrets amers d'avoir été trop sensibles et trop confians.

MELCOUR.

Vous prenez toujours au sérieux les plus simples plaisanteries.

FIRMIN.

Vous avez raison. Je sais que les mœurs, les droits de l'hospitalité, les vertus, sont pour vous des plaisanteries. Mais c'est trop vous arrêter, Henri vous attend. Il est dans cette maison, sans doute ; il y joue, d'après vos conseils : allez le rejoindre. La prêtresse a paré la victime, on n'attend plus que vous pour l'égorger.

MELCOUR.

Je ne réponds pas à cette injure. Vous êtes dans vos humeurs noires. D'ailleurs vous ne pensez pas ce que vous dites.

FIRMIN.

Je ne dis que ce que je pense.

MELCOUR.

Je devrais me fâcher de cette franchise ; mais je veux vous prouver que, malgré vôtre sagesse, vous n'êtes pas parfait. Je vous donnerai l'exemple de la modération. D'ailleurs vous êtes l'intime ami de Henri, et ce titre suffit pour m'engager à vous pardonner. *(à part)* N'aurai - je donc jamais l'occasion de me venger de cet ennuyeux personnage ! *(haut)* Que je ne vous dérange pas. *(Il sort.)*

SCÈNE VI.

FIRMIN, SOPHIE.

FIRMIN.

COMBIEN cet être est méprisable !

SOPHIE.

Oh ! oui, bien méprisable ; quelle différence de vous à lui ! Que vous inspirez tous deux des sentimens opposés !

FIRMIN.

Ce Mélcour, vous le détestez.

SOPHIE.

Oh ! bien complètement.

FIRMIN.

C'est m'avouer que vous m'aimez.

SOPHIE.

Et je ne le cache pas. Je suis l'exemple et les conseils de mon père.

FIRMIN.

C'est un bien honnête homme que votre père.

SOPHIE.

Vous rappelez-vous votre conversation d'hier soir ?

FIRMIN.

Oui. Je le pressais de consentir à notre union. Eh ! bien , Sophie ?

SOPHIE.

Eh ! bien , voici mon père ; il ne vous reste plus qu'à le remercier.

SCÈNE VII.

LES PRÉCÉDENS , MICHEL.

FIRMIN.

Dieux ! se pourrait-t-il ! ma Sophie ! mon père !

MICHEL.

Oh oh , tu sais déjà que j'ai résolu de l'être. C'est la friponne qui t'a instruit.

FIRMIN.

Quelle reconnaissance ne vous dois-je pas !

MICHEL.

Aucune , mon ami. En te la donnant , j'assure son bonheur et le tien. Vous vous valez tous les deux. Elle est jolie , tu es jeune et robuste ; elle est bonne , tu es brave ; elle est vertueuse , tu es un franc républicain ; tu n'as rien, moi je n'ai pas grand'chose, vous n'aurez point de reproches à vous faire.

FIRMIN.

N'ai-je pas deux bras ? je labourerai la terre ; j'arracherai ses trésors ; j'en jouirai, et je ne devrai qu'à mon travail, mon existence et mon bonheur.

MICHEL.

Un moment, s'il vous plaît. Je consens à te donner ma fille, à faire ton mariage le plutôt possible, mais je n'entends pas que tu quittes les armes. La France a besoin de ton bras, et avant de penser à cultiver les champs, il faut penser à en chasser les ennemis.

FIRMIN.

Mais c'est bien mon intention, mon père.

SOPHIE.

Il se battra quoique marié ?

MICHEL.

Sans doute. Et que veux-tu qu'il fasse près de toi, quand toute la jeunesse française est devant l'ennemi. Il a commencé la guerre, il faut qu'il la finisse : voici mon plan. Tu vas épouser ma fille, je te nommerai mon fils ; tu me laisseras, si tu

peux, un petit républicain, c'est ton affaire ;
après quoi tu repartiras, et à la fin de la
guerre tu reviendras, ou tu ne reviendras
pas.

SOPHIE.

Comment, il ne reviendrait pas ! quelle
idée affreuse !

MICHEL.

Eh ! bien, il reviendra, moi je l'aime
beaucoup mieux aussi ; nous l'embrasse-
rons, et le soir il nous racontera les batailles auxquelles il se sera trouvé.

FIRMIN.

Comme vous nous contez les vôtres.

MICHEL.

Oui, mais je n'en parle pas avec plaisir ;
je servais les tyrans, je me battais sans
savoir pourquoi ; et toi, tu combats pour
tes enfans, pour tes concitoyens, enfin
pour la patrie. Quelle différence ! quelle
carrière pour ton courage ! tu commences
par où j'ai fini. Après trente-trois ans de
service, d'esclavage, et de probité, je fus
fait lieutenant ; je me trouvai à huit batailles, je reçus dix blessures sur le corps ;
la dernière m'empêchant de servir, on
me donna mon congé et cent écus de
rente. C'était, comme tu vois, une fort
belle chose que de servir les rois.

SCÈNE VIII.

LES PRÉCÉDENS, LE JOCKEI.

LE JOCKEI *(à Firmin.)*

JE vous cherchais ; j'allais chez le citoyen
Michel pour vous remetire cette lettre.

FIRMIN.

De quelle part, et qui êtes vous ?

LE JOCKEI.

Comment vous ne me connaissez pas. Je
porte tous les jours un poulet circulaire
à beaucoup de vos camarades ; j'appartiens
à la citoyenne Saint-Far.

MICHEL.

Ce doit être une bonne citoyenne. Elle
semble courir après tous les soutiens de
la liberté.

FIRMIN. *(Après avoir lu.)*

Cette lettre est de Henri ; il me demande
de l'argent. Malheureux jeune homme !

LE JOCKEI.

Il m'a dit que vous me remettriez quelque chose pour lui

FIRMIN.

Dis-lui que je l'attends ici ; que je veux

lui donner moi-même ce qu'il me demande.

LE JOCKEI.

Il ne pourra peut-être pas venir ; il est
fort occupé ; il boit, il chante ; il avait
un peu d'humeur quand il est arrivé, mais
le vin de Champagne a dissippé tout cela.
Au reste, je m'en vais lui dire de descendre.
(Il s'en va et revient.) Ecoutez donc,
citoyen Firmin, je m'ennuie, moi, de
n'avoir autre chose à faire que les com-
missions d'une petite maîtresse. Quoique
petit, je brûle de servir ma patrie.

FIRMIN.

Eh ! bien.

LE JOCKEI.

Eh ! bien, est-ce qu'il ne serait pas possible, par votre entremise, de devenir tam-
bour dans votre compagnie ? C'est que je
bats déjà très-joliment la caisse.

MICHEL.

C'est bien, mon ami, tu es un brave
garçon ; ce seroit un meurtre de te laisser
chez cette Saint-Far.

FIRMIN.

Oui, sans doute, je songerai à toi ;
mais vas dire à Henri que je l'attends.

SCÈNE IX.

LES PRÉCÉDENS, *hors le Jockei.*

MICHEL.

Je vois que ton étourdi va te faire rester ici. Moi, j'ai faim, et si je ne bois pas de vin de Champagne, je n'en veux pas moins dejeûner. Viens, ma fille. Tu nous rejoindras quand tu voudras ; adieu, mon gendre.

SOPHIE.

Adieu, Firmin ; vous ne tarderez pas ?

FIRMIN.

Je vous rejoins tout-à-l'heure.

SCÈNE X.

HENRI FIRMIN.

FIRMIN.

Mais voici Henri, quel air défait !

HENRI. (*Un peu ivre.*)

Je vous ai prié de me prêter de l'argent ; le pouvez-vous ?

FIRMIN.

Dans quel état te voilà !

HENRI.

Il n'est pas question de cela ; pouvez-vous m'obliger ?

FIRMIN.

Oui, je pourrai toujours obliger mon ami. Voilà tout ce que je possède, c'est le fruit de mes épargnes. (*Il lui donne son porte-feuille.*)

HENRI (*attendri.*)

Cela te gênera peut-être.

FIRMIN.

N'oblige-t-on ses amis que lorsqu'on peut le faire sans se gêner ?

HENRI.

Quelle délicatesse ! Je ne sais, mais je me trouve tout étourdi ; l'air m'a saisi.

FIRMIN.

Henri, combien tu m'affliges ! cruel Henri !

HENRI.

Je sens que quand on met si souvent ses amis à l'épreuve, on finit par les fatiguer.

FIRMIN.

Est-il question d'argent, d'intérêt, quand je me vois sur le point de perdre mon ami ?

HENRI.

Et pourquoi donc me perdre ? Ah !
jamais, Firmin, jamais.

FIRMIN.

Je te le répète, tu fuis, tu crains ma
société. Pourquoi me manquer de parole ?

HENRI.

On m'a entraîné..... Je comptais....

FIRMIN.

Dans quel état te présentes-tu à mes
yeux ?

HENRI.

Mais je ne sais pas ce que tu peux voir
en moi. (*à part*) Je rougis.

FIRMIN.

Envain tu veux cacher ta honte. La
nature est plus forte. Ce visage pâle, ces
yeux humides, cette démarche tremblante,
tout cela ne te trahit-il pas ? Henri sort
d'une débauche crapuleuse, et il en sort
ivre.

HENRI.

Moi, je serais ivre. Savez-vous, Firmin..
(*à part*) Je ne sais que lui dire.

FIRMIN.

Et quel jour encore ? un jour qu'il est
de garde, un jour qu'il répond du salut
de

de la place ; si tous tes camarades t'imitaient, que deviendrions nous ?

HENRI.

Savez-vous , Firmin, que vous m'outragez ?

FIRMIN.

Je n'outrage jamais mon ami ; je lui dis la vérité.

HENRI.

La vérité est quelquefois offensante.

FIRMIN.

N'importe , je dois la dire à celui que j'estime assez pour croire qu'il puisse l'entendre.

HENRI.

Eh ! bien, je l'entendrai dans un autre moment ; dans celui-ci, je ne puis....

FIRMIN.

Non, tu l'entendras à présent. Il n'y a que des flatteurs qui puissent employer des ménagemens ; mais voilà comme je parle à mon ami, et tu l'es, tu le sais. Je te dirai : Henri, vois-tu les dangers et la honte qui peuvent réjaillir sur toi ; la générale peut battre, le poste peut être surpris, et tandis que tes camarades combattront pour le défendre, toi, dans quelque coin, sans force, sans énergie, sans courage, tu

céderas à la nature , et plongé dans un
sommeil égal à celui de la mort , tu ne
pourras t'opposer aux progrès de l'ennemi ;
et à ton réveil, tu n'auras que le honteux
remords d'exister encore , lorsque tous tes
camarades auront péri au poste d'honneur.

HENRI (*à part.*)

Il m'accable. (*haut*) Et que diriez-vous
donc à celui qui vous serait étranger ?

FIRMIN.

Je lui dirais vous êtes un lâche.

HENRI.

Vous m'insultez.

FIRMIN.

Non. Je connais votre bravoure ; je sais
que c'est la première faute que vous avez
commise en ce genre ; mais, je le répète, si
je parlais à un autre , je lui dirais : vous êtes
un lâche. Vous répondez de la sûreté de
vos concitoyens , vous n'êtes plus en état de
les défendre ; donc, vous craignez de vous
exposer à la mort ; vous méritez d'être
puni , et si j'étais de service, je le punirais
sévérement.

HENRI.

Vous me puniriez donc

FIRMIN.

Sans doute , et plus sévèrement qu'un

autre ; parce que vous êtes dans le cas de sentir les suites que peut occasionner votre ivresse , et que vous avez des ressources dans vous-même pour éviter la honte d'un pareil vice.

HENRI.

Je sais que , fier de votre grade , vous êtes toujours prêt à en remplir les fonctions avec éclat. L'ambition est une belle chose.

FIRMIN.

Vous vous trompez : je n'ai point d'ambition , je n'ai que celle qui doit être dans tous les cœurs des Français, d'être utile à ma patrie ; et si je suis forcé de vous prouver, dans le service, que jé suis votre supérieur , hors de là , je saurai te prouver, mon cher Henri , que tu n'as pas de meilleur ami que moi.

SCÈNE XI.

LES PRÉCÉDENS, MELCOUR.

MELCOUR.

Eh ! bien, tu ne finis pas , nous t'attendons ; veux-tu que Saint-Far vienne te chercher elle-même ?

C 2

FIRMIN.

Quelle ne se donne pas cette peine, vous seul suffirez ; il ne vous échapera pas. O mon pauvre Henri.

MELCOUR.

Ah ! c'est encore le cher camarade ; tu viens de recevoir une belle morale sans doute, car il ne parle aux gens que sur ce ton. Tantôt n'a-t-il pas voulu avec moi....

FIRMIN.

Soyez tranquille, cela ne m'arrivera plus. Vous êtes insensible à la voix de la raison ; vous ne savez ni rougir, ni changer.

HENRI.

Firmin, songez-vous....

FIRMIN.

Je songe que voilà l'homme qui m'a enlevé mon ami, et je ne puis le voir sans horreur.

MELCOUR.

Toujours sur le ton tragique.

FIRMIN.

Il est vrai que ce ton n'est pas fait pour vous : on ne doit vous parler qu'avec mépris.

HENRI.

Firmin, cessez....

FIRMIN.

Ai-je quelque ménagement à garder ? Est-ce au moment où , pour la première fois de notre vie , la défiance , l'inimitié règnent entre nous , qu'il faudra que je me taise ? non. Je dirai tout haut que cette femme Saint-Far est une intriguante ; que monsieur la sert dans ses projets ; que vous , vous êtes leur dupe : trop heureux si vous ne sortez de cette infernale maison , qu'avec la perte de votre argent et de votre réputation.

MELCOUR.

Ceci passe les bornes, et je saurai...

HENRI.

Songez-vous que vous parlez de mes amis , et que...

FIRMIN.

De tes amis, ingrat ! où vois-tu donc des amis en ceux qui te ruinent, qui te font manquer à ton devoir, qui te déshonorent ?

MELCOUR.

Un tems viendra où je vous ferai repentir...

HENRI.

Parce que vous m'avez obligé , croyez-vous avoir le droit d'outrager les personnes qui m'intéressent?

C 3

FIRMIN.

Vous savez que l'article de l'argent entre deux amis n'est rien ; je me suis acquitté d'un devoir, et ne vous ai pas rendu de service.

HENRI.

Reprenez-le, je n'en veux pas : vous me le faites trop acheter.

MELCOUR.

Quoi ! tu avais besoin d'argent, et tu n'as pas eu recours à ton ami ? Tout ce qu'il possède...

FIRMIN.

Quel piège grossier ! et tu te laisses prendre à de pareilles amorces.

HENRI.

Reprenez votre argent.

FIRMIN.

Eh! bien, oui, je le reprends. C'est autant de moins pour les fripons qui t'environnent.

HENRI.

Finissez , finissez : savez-vous que ma colère...

MELCOUR.

Henri, ne t'emportes pas. Dans un autre moment...

FIRMIN.

Dans un autre moment je vous démasquerai tout-à-fait.

HENRI.

Encore ! finissez, vous dis-je.

MELCOUR.

Pour mettre fin à tout cela, viens, rentrons chez Saint-Far.

FIRMIN, (*se mettant au-devant de lui.*)

Non : vous n'y rentrerez pas, je vous en empêcherai.

HENRI.

Quoi ! je ne suis pas libre !

FIRMIN.

Non, tu ne l'es pas ; dussé-je m'exposer à ta colère !

HENRI.

Laissez-moi.

FIRMIN.

Mon ami.

HENRI.

Je ne le suis plus.

FIRMIN.

Ecoute la raison, l'amitié.

HENRI.

Vous augmentez mon impatience : laissez-moi, vous dis-je.

FIRMIN.

Non, je ne te laisserai pas.

HENRI.

Voulez-vous donc que je vous déteste ?

FIRMIN.

Votre devoir vous appelle au poste.

HENRI.

Que vous importe?

FIRMIN.

J'ai le droit de vous le dire.

HENRI.

Je n'ai pas d'ordre à recevoir de vous.

FIRMIN.

Venez.

HENRI.

Veux-tu me laisser? la colère m'étouffe; ma tête se perd.

FIRMIN.

Je te sauverai malgré toi; viens, viens, je saurai t'entraîner. (*Il le tire avec force*)

HENRI , *en se défendant , donne un soufflet à Firmin.*

Tu me laisseras peut-être.

FIRMIN.

Un soufflet! malheureux! défends tes jours.

HENRI.

Je me suis oublié, je mérite ta ven-geance.   (*Ils tirent leurs épées.*)

MELCOUR.

Arrête, Henri , songes que tu es de

garde. D'ailleurs cette place est peu commode pour vous battre ; vous pouvez être
vus, séparés , et une offense comme celle
que vous ave... reçue , ne se lave que par
le sang.

HENRI.

Malheureux ! qu'ai-je fait ?

MELCOUR.

Vous ne pouvez vous battre sans témoins :
moi , j'en servirai à mon ami ; mais vous
il faut que vous en ayez aussi. Je vais vous
en chercher ; nous reviendrons vous prendre ici, et de-là vous irez satisfaire aux
lois de l'honneur.

FIRMIN.

Aux lois de l'honneur !

MELCOUR.

Nous pensons trop bien de notre Lieutenant, pour croire qu'il souffre impunément
qu'on lui donne des souflets : il se souviendra qu'il a pour soldats des citoyens
français. Adieu , Henri , je te rejoins dans
l'instant , et je t'amène plusieurs de nos
camarades. Attendez , ne commencez pas
sans moi ; je connais un petit endroit où
l'on peut se couper la gorge le plus joliment
du monde.

SCÈNE XII.

HENRI, FIRMIN.

HENRI.

Qu'ai-je fait ? je n'ose le regarder. Firmin.

FIRMIN.

Que me voulez-vous ?

HENRI.

Mon ami.

FIRMIN.

Moi, votre ami !

HENRI.

Tu me vois à tes pieds.

FIRMIN.

Qu'y faites-vous ?

HENRI.

J'implore une grace dont je ne suis pas digne ; je sais que je mérite ta haîne, ton mépris ; mais au moins, Firmin, avant que ton épée t'ait fait justice d'un perfide, accorde-moi mon pardon.

FIRMIN, (*le regarde, le relève, l'embrasse.*)

Viens dans mes bras, nous nous expliquerons après.

HENRI.

Mon cher Firmin.

FIRMIN.

Presse-moi bien sur ton cœur , mon cher
Henri.

HENRI.

Non, je n'oublierai jamais ce généreux
pardon, et puisse mon repentir...

FIRMIN.

Mon ami, embrassons-nous encore : ne
parlons plus de repentir, j'en aurai plutôt
oublié ta faute.

SCÈNE XIII.

LES PRÉCÉDENS , MELCOUR, *plu*
sieurs Camarades.

MELCOUR.

Comment donc, ils s'embrassent !

UN CAMARADE.

Mais tu nous avais dit qu'ils étaient en
querelle.

MELCOUR.

Me voilà, comme je te l'avais promis avec

les témoins ; maintenant vous pouvez vous
battre ; on vient de relever le poste.

HENRI.

Quoi ! le poste est relevé sans moi !

MELCOUR.

Oh ! ne t'afliges pas ; j'ai conté ton aventure à tout le monde, et le capitaine qui
connait la loi de l'honneur...

FIRMIN.

Connaissez-vous celle de l'humanité ?

MLECOUR.

Autant l'une que l'autre.

FIRMIN.

Je le vois.

HENRI.

Camarades, vous connaissez notre querelle ; j'ai eu tort, j'ai eu grand tort, je
vous prends tous à témoins de la répara-
tion que je lui fais : Firmin, tu me vois
encore à tes pieds te demander mon
pardon.

FIRMIN.

Vous l'entendez ; exigez-vous que nous
nous battions ? Sa main est coupable, il
est vrai, mais son cœur est innocent, et
j'estime plus son cœur que sa main.

MELCOUR.

L'événement parait un peu singulier, et
ferait penser...

FIRMIN.

On pensera ce qu'on voudra. Henri s'est repenti , je lui ai pardonné , et nous sommes plus amis que jamais.

MELCOUR.

Vous pouvez pardonner un souflet !

FIRMIN.

Oui , je le pardonne de la main de Henri ; parce que je ne dois cette action qu'à son ivresse, son délire et vos conseils.

MELCOUR.

Voilà une grandeur d'ame peu ordinaire.

UN CAMARADE.

Et qui aura peu de partisans.

FIRMIN.

Que m'importe les partisans ! j'aurai fait mon devoir , et j'aime mieux m'exposer au mépris des sots , qu'aux remords d'avoir égorgé mon ami.

MELCOUR.

Tant de philosophie est admirable ; mais on ne la met pas ordinairement en pratique parmi les militaires.

FIRMIN.

Tant pis , je serai le premier à en donner l'exemple.

MELCOUR.

Le projet est beau , mais au premier

abord on croirait qu'il tient plus de la poltronerie que de la philosophie.

FIRMIN.

Ce n'est pas vous que je veux convaincre de la force du sentiment qui m'anime ; vous n'êtes pas fait pour l'apprécier, ni même pour le comprendre. Ce sang qu'un préjugé barbare veut que j'expose au fer de mon ami, ne m'appartient pas : je le dois tout entier à ma patrie. Est-ce à l'instant où elle en a le plus besoin, est-ce à cet instant, dis-je, que j'irai l'en priver, que j'irai le répandre pour une cause qui lui est étrangère? non. Laissons ce préjugé qu'on nomme honneur, aux égoïstes qui se font un devoir de s'égorger pour un mot, et qui craignent d'être soldats. Mon honneur, à moi, consiste à servir, à défendre ma patrie ; qu'on me mette dans les rangs auprès de ces assassins de société, et l'on verra qui d'eux ou de moi, fera mieux son devoir.

MELCOUR.

En sorte que le souflet que vous avez reçu est oublié ; mais savez-vous que vous vous exposez aux railleries et peut-être à de semblables outrages.

FIRMIN.

A des outrages ! et de quelle part ?

MELCOUR.

Mais de la part de vos camarades.

FIRMIN.

Je ne les crains pas. Le camarade sensible qui connait les droits de l'amitié , m'applaudira ; le républicain philosophe m'admirera , et quand aux lâches.... et que m'importe ce que peut penser un lâche.

MELCOUR.

Je vous avoue que , d'après le ton que vous prenez quelquefois avec les gens, j'espérais que vous vous montreriez plus franc du collier dans l'occasion.

FIRMIN.

Et vous avez raison ; avec tout autre que mon ami , je ne réponds pas que la chaleur de mon sang n'eût mis en défaut mes principes.

MELCOUR.

Vous avez beaucoup d'amis.

FIRMIN.

Vous n'êtes pas à coup sûr du nombre ; car si un être tel que vous, s'avisait seulement de faire un geste humiliant , je le poignarderais sur l'heure.

MELCOUR.

Il n'est pas question de moi dans cette affaire ; et dans toute autre occasion , je saurais vous répondre. Revenons à votre affaire avec Henri : vous refusez donc de tirer raison du souflet que vous avez reçu?

FIRMIN.

Oui, vous dis-je, faut-il vous le répéter encore.

HENRI.

Et quelle rage vous anime contre nous, cruel que vous êtes !

MELCOUR.

L'honneur de la compagnie. Pour moi, je vous préviens que je ne vous obéis plus; je ne veux point avoir pour chef un homme qui porte sur sa figure l'empreinte du dés-honneur. Adieu , M. le Lieutenant , nous allons vanter au commandant votre coura-geuse philosophie.   (*Il sort.*)

HENRI.

Je vous suis. C'est à moi à lui donner ex-plication de cette affaire ; c'est moi seul qui suis coupable, et c'est moi qui dois subir la peine, soit de la loi, soit de l'opinion.

          (*Il sort.*)

UN CAMARADE.

Mon pauvre Firmin, je vous plains ; mais il faut vous battre.

SCÈNE

SCENE XIV.

FIRMIN, seul.

Non, je ne me battrai pas; non, je ne tuerai pas mon ami. Si tous mes camarades partagent l'erreur de ceux-ci, eh ! bien, je m'en irai, j'irai dans un autre corps : on ignorera ma funeste aventure ; j'y combattrai, j'y périrai ; mais au moins mon épée ne versera pas le sang d'un frère, le sang d'un français.

SCENE XV.

FIRMIN, MICHEL.

FIRMIN.

Ah ! mon cher Michel, mon tendre père, c'est dans votre sein que je veux déposer mes chagrins.

MICHEL.

Qu'as-tu, mon cher Firmin ? que t'est-il arrivé ? tu m'inquiètes.

D

FIRMIN.

Dites, mon père, de quel œil envisagez-vous le duel ?

MICHEL.

C'est un usage féroce qui fait frémir l'humanité. Hélas ! tu me rappelles une affaire cruelle ; un de mes meilleurs amis en fut la victime... Cette main coupable...

FIRMIN.

Ah ! mon père, que j'aime à vous voir penser ainsi ; vous soulagez mon cœur. Apprennez donc que j'ai été insulté, frappé.

MICHEL.

Frappé ! et tu n'as pas percé le cœur de l'insolent...

FIRMIN.

C'est Henri, c'est mon meilleur ami, c'est celui que j'appèle mon frère.

MICHEL.

Qu'importe.

FIRMIN.

Il était pris de vin, il s'est jetté à mes pieds, il m'a demandé excuse.

MICHEL.

Il est plaisant avec ses excuses ; ce sont bien de ces affronts qu'on répare par des excuses.

FIRMIN.

Je viens à vous comme à un ami, comme à un père.

MICHEL.

J'entends : vous vous êtes donné rendez-vous ; il faut te battre, tu viens me prier de te servir de témoin ; viens, mon fils, je te remercie de ta préférence.

FIRMIN.

Non, vous ne m'entendez pas ; je viens vous consulter.

MICHEL.

Me consulter sur une affaire d'honneur !

FIRMIN.

Oui, un préjugé barbare m'ordonne de tuer mon ami : ma raison et mon cœur y répugnent ; que dois-je faire ?

MICHEL.

M. Firmin , j'ai été trente-trois ans soldat ; j'ai eu plus d'une affaire dans ma vie ; je n'ai jamais consulté personne.

FIRMIN.

Quoi ! vous voudriez....

MICHEL.

Qui ? moi, je ne veux rien ; mais j'avoue que je ne m'attendais pas à cela de votre part.

FIRMIN.

Et vous aussi, mon père, vous m'accablez !

MICHEL.

Votre père ! je ne le suis pas encore ; je doute que ma fille veuille épouser un homme qui ne sait s'il doit tirer vengeance d'un soufflet. Adieu, M. Firmin ; consultez-vous ; quant à moi, je n'ai rien à vous dire.

FIRMIN.

Ah ! grand Dieu ! pourquoi l'ennemi tarde-t-il à nous attaquer ? Je n'ai jamais tant désiré me voir aux prises avec lui. (*On entend le canon.*) Qu'entends-je ?

MICHEL.

Le canon ! (*Le bruit redouble.*)

FIRMIN.

Le ciel exaucerait-il ma prière ?

SCENE XVI.

LES PRÉCÉDENS, MELCOUR, *accourant tout effrayé.*

MELCOUR.

AH ! nous sommes perdus, nous sommes trahis, voilà les ennemis.

FIRMIN.

Les ennemis ! et vous êtes ici , lâche.
Suivez-moi, et voyons qui montrera plus
de courage , du philosophe qui ose braver
un préjugé , ou du féruilleur qui ne sait
se battre qu'en duel.   (*Il sort.*)

MELCOUR.

C'est que je sais fort bien parer un coup
d'épée , mais un coup de canon !

MICHEL.

Misérable ! ce discours ne m'étonne pas
dans votre bouche ; vous étiez trop corrom-
pu pour être brave. Mais toi , mon cher
Firmin , j'ai pu t'outrager , j'ai pu douter
de ton courage ; mais il me reste assez de
force [pour te suivre et pour vaincre ou
mourir avec toi.

MELCOUR.

Mais il est donc fou , ce bonhomme.

MICHEL.

Je cours chercher mes armes. Ah ! ah !
Messieurs les Autrichiens , nous allons
renouer connaissance ensemble , j'espère.

(*Il rentre chez lui.*)

MELCOUR, (*seul.*)

Une jolie façon de se rendre visite. Ce
que je ne conçois pas , moi , c'est la tran-
quillité avec laquelle tous ces gens-là envi-
sagent une bataille.

SCENE XVII.

MELCOUR, LE JOCKEI.

LE JOCKEI.

C'EST le canon. Ah ! morbleu ! comme j'aime cette musique ! pourquoi faut-il que je n'aie encore que quatorze ans.

MELCOUR.

Eh ! bien, ce petit enragé-là ne va-t-il pas vouloir se battre aussi.

LE JOCKEI.

Comment ? vous êtes-là, M. Melcour, quand tous vos camarades sont au feu ? fi ! vous devriez rougir.

MELCOUR.

Taisez-vous, petit drôle, je n'ai point de leçon à prendre de vous.

SCENE XVIII.

LES PRÉCÉDENS, MICHEL, SOPHIE.

SOPHIE, (*toute effrayée.*)

Mon père !

MICHEL.

Laissez-moi, ma fille, j'aurai bien encore la force de me servir de ce fusil.

SOPHIE.

Arrêtez, mon père : non, vous n'irez pas.

MELCOUR.

Mais en effet, père Michel, votre fille a raison : c'est aux jeunes gens qu'il convient....

MICHEL.

Et que faites-vous donc ici, malheureux ?

MELCOUR.

Qui ? moi ; je vous retiens, je vous arrête.

LE JOCKEI.

Puisque vous retenez le père Michel, vous n'avez pas besoin de votre sabre ;

laissez-moi le prendre , je m'en servirai
mieux que vous.

(*Il arrache le sabre de Melcour et s'enfuit.*)

MELCOUR.

Eh! bien , ce petit coquin , le voilà parti.
Vieillards, enfans , c'est une rage qui a
gagné tout le monde.

MICHEL.

Excepté vous.

MELCOUR.

Mais comment voulez-vous que je me
batte , à présent qu'il m'a emporté mon
sabre ?

SOPHIE.

N'est-ce donc pas assez pour moi de
trembler pour les jours d'un amant? faut-
il encore que mon père... A la seule idée
du danger que vous allez courir , je sens
que ma force m'abandonne.

MICHEL.

Grand Dieu ! elle se trouve mal ; ma
pauvre fille !

MELCOUR.

Cette chère Saint-Far , elle est évanouie
aussi, j'en jurerais (*Le canon continue.*)
Mais on n'est pas fort en sûreté ici; ma
foi , sauvons-nous. C'est qu'il serait fort
désagréable de perdre la vie pour une

cause qu'on n'aime pas. Allons, sauve qui peut. (*Il se sauve.*)

SCENE XIX.

MICHEL, SOPHIE.

MICHEL.

Ma fille, ma chère enfant, reprens tes sens, reviens à toi.

SOPHIE.

Mon père, ah! rentrez, ne m'abandonnez pas.

MICHEL.

Eh! bien, Sophie, me voilà, je ne te quitte pas. Oh! les coquins, j'aurais pourtant eu bien du plaisir à les rosser encore avant de mourir.

SOPHIE.

Le bruit a cessé.

MICHEL.

Oui, on se bat, sans doute, à l'arme blanche. Tant mieux, la victoire est sûre; c'est l'arme favorite des français.

SOPHIE.

Qu'est donc devenu ce Melcour?

MICHEL.

Ma foi, je n'en sais rien ; le diable puisse-t-il l'emporter avec tous ceux qui lui ressemblent. Ce sont des lâches qui, au premier coup de feu, prennent la fuite et crient à la trahison ; qui de concert avec les chefs perfides, ont causé les revers que nous avons essuyés ; mais ils ont beau fuir, les généraux auront beau nous trahir, le soldat français sera vainqueur en dépit des traîtres et des lâches.

SOPHIE.

Mon père, n'entendez vous pas le tam-bour ?

MICHEL.

Oui, ce sont nos gens qui reviennent. Allons, ma fille, de la joie ; ils sont vainqueurs. Ventrebleu ! cette marche victorieuse me rappèle mes anciennes campagnes.

SOPHIE.

Ah ! si Firmin n'est pas tué.

MICHEL.

Et quand il le serait, ne faut-il pas qu'il meure tôt ou tard. Aurait-il pu jamais choisir une plus belle occasion ?

SCENE XX.

**LES PRÉCÉDENS, LE COM-
MANDANT** *de la Place, toute la
Troupe.*

LE COMMANDANT.

CAMARADES, vous avez combattu en
républicains ; qu'il m'est doux, qu'il m'est
glorieux de commander à de si braves
gens ! Nous voici tous rassemblés. Mais je
n'apperçois pas ce Firmin, ce Lieutenant
dont la bravoure ne m'avait jamais été
suspecte, mais qui, d'après l'aventure que
vous m'avez racontée......

MICHEL.

Commandant, Firmin était au feu, j'en
réponds ; s'il n'est pas ici, c'est qu'il est
mort. Mais, grand dieu ! le voilà.

SCENE XXI.

LES PRÉCÉDENS, HENRI, FIRMIN.

Firmin soutient d'une main Henri, qui est blessé légèrement, et de l'autre tient un drapeau qu'il a enlevé aux ennemis.

HENRI.

O mon cher Firmin ! pour mettre le comble à tes bienfaits, il fallait donc encore que tu me sauvasses la vie.

LE COMMANDANT.

Quoi, Firmin, c'est au moment même où l'on vous soupçonne ?....

FIRMIN.

Voilà de quoi répondre aux soupçons. Camarades, vous l'entendez, et je ne m'en cache pas, je lui ai sauvé la vie ; exigez-vous encore que je me batte contre lui ? J'ai arraché ce drapeau aux ennemis, me croyez-vous encore indigne d'être votre Lieutenant ?

UN CAMARADE.

Mon commandant, il faut que l'exemple

que Firmin nous a donné ne soit pas perdu.
Je demande que le premier d'entre nous
qui osera provoquer son camarade en
duel , soit ignominieusement chassé et
déclaré indigne de servir la république.

Toute la troupe.

Oui , oui.

Le même

Ce n'est pas tout. Notre capitaine est
mort en brave homme à la tête de sa compagnie ; nous choisissons Firmin pour lui
succéder.

Toute la troupe.

Oui , oui.

MICHEL.

Et moi, je veux que ce soir même il
épouse ma fille. Cela ne te contrarie pas
j'espère ; je voudrais bien voir que tu
osasses me répliquer.

SOPHIE.

Qui, moi, mon père ? eh! mon dieu, je
ne vous ai jamais désobéi.

FIRMIN.

Mes amis, mes camarades, laissez-moi
respirer. Quelle heureuse journée pour
mon cœur ! J'ai servi mon pays, j'épouse
une digne amante, je détruis un préjugé
invétéré qui survivait à tous les autres,

j'ai sauvé la vie et peut-être l'honneur de
mon ami , car tu me le promets , mon cher
Henri, tu ne reverras plus ce Melcour.

HENRI.

Oh ! jamais.

SCENE XXII.

LES PRÉCÉDENS, LE JOCKEI.

LE JOCKEI.

LE malheureux !

HENRI.

Qui donc ?

LE JOCKEI.

Melcour.

HENRI.

Eh ! bien ?

LE JOCKEI.

Eh ! bien, il a déserté.

Toute la troupe.

Tant mieux , tant mieux.

LE COMMANDANT.

Ah ! oui, tant mieux.

LE JOCKEI.

Si aussi bien j'avais eu son fusil au lieu
de son sabre, je ne l'aurois pas manqué. Il
était à cinquante pas de moi.

LE COMMANDANT.

Qu'il porte chez l'ennemi les poisons dont il vouloit nous infecter. Mes amis, la faute qu'Henri a commise aujourd'hui, doit nous engager à rayer pour jamais, de notre langue républicaine, cet affreux mot de duel, qui ne peut que nous rappeler des idées de noblesse et de monarchie. Il ne doit exister d'autre honneur chez les français, que celui de servir la patrie.

VAUDEVILLE.

AIR : *gentils regards et doux maintien.*

FIRMIN.

Je connois plus d'un férailleur,
Très-fort sur la tierce et la quarte,
Qui parle toujours point-d'honneur
Et du feu prudemment s'écarte ;
Pour tuer ses meilleurs amis,
Il sait prendre son avantage,
Pour combattre nos ennemis ;
Il a tous les talens requis :
Que lui manque-t-il ? le courage.

SOPHIE.

Vous qui coulez de si beaux jours
Dans le sein d'une tendre amie,
Il faut ajourner vos amours
Jusqu'au salut de la Patrie ;
Et quand vous reviendrez vain-
   queurs,
Alors dans notre heureux ménage,
A vous donner des successeurs,
A lui laisser des défenseurs
Ah ! que nous aurons de courage.

MICHEL.

Pour des rois que je haissais
J'ai souvent exposé ma vie,
Et je pleure sur des succès
Inutiles à ma patrie.
Malgré mes travaux et les ans,
Mon cœur a le feu du jeune âge,
La vieillesse a glacé mes sens ;
Mais, pour combattre les tyrans,
Je retrouve encor mon courage.

LE COMMANDANT.

Nous voyons enfin triompher
Notre république naissante,
Envain les rois, pour l'étouffer,
Ont formé leur ligue impuis-
   sante ;
Envaîn de ses propres enfans
Contre elle ils ont armé la rage,
A tous les soldats des tyrans,
Aux manœuvres des malveillans,
Qu'a-t-elle opposé ? son courage.

FIN.

[illegible]